遠藤周作の箴言集

人生ひとつだって無駄にしちゃいけない

遠藤周作

海竜社

遠藤周作の箴言集―人生ひとつだって無駄にしちゃいけない――目次

人生ひとつだって無駄にしちゃいけない

愛することは棄てないこと

夫婦という不思議な縁

自分の中の自分

家庭という人間教育の場

人生の本質を知る時

神の眼の中に

人生ひとつだって無駄にしちゃいけない

人生の意味がわからないから生きる

人生の意味が初めからわかっていては我々は生き甲斐もない。
人生の意味がなかなかわからぬから、我々は生きる甲斐もあるのだ。

『愛情セミナー』

生きながら考える

われわれは、人生を知り尽くして生きていることは、まずありえないでしょう。人生とはこういうものだ、と考えて、人生とはこういうものだ、と知り尽くして、毎日を生きているはずはないと思います。日常、生きているうちに、さまざまな悩みや問題に触れて、そして人生とは何か、と考えるというのが本当でしょう。人生の意味が初めからわかっているならば、われわれはそれを生きるに値《あたい》しません。人生というものがわからないから、われわれは生きて、そして人生とは何かということを、生きながら考えているのだと思います。

『私のイエス』

醜くてうすぎたない人生だから

いたずらに老醜《ろうしゅう》をさらして生きのこるよりは、みずからの生命を断つほうが誠実である場合もある。

だが、同時に醜をさらして生きのびることにも意義があるように私には思える。

私は出鱈目《でたらめ》なカトリックだが、カトリックは自殺を禁じている。しかし私は時々、死にたいと思うことがあっても死なないでいるのはそのためではなく、ひとつには死に対する怖《おそ》れからでもあるが、もうひとつにはどんなに生きのびることが醜く、うすぎたなく自他共に思われようとも、なお生きのびること自体に意味はありはしないかという問いに解決がついていないからでもある。

人生はどうせ醜く、うすぎたない。とくに年とれば年とるほどその思いは強まっていく。そのように醜く、うすぎたない余生に決着つけずに生きのびることは一見、卑怯にみえるようだが、醜くてうすぎたない人生だからこそ、なお生きつづけることに値し、生きつづけねばならぬという考えも成り立つのではないか。

『お茶を飲みながら』

すべてを背負って生きる

人間は、自分の自由意志で、あれこれ選択することができるのではなくて、自分がそこへ持って生まれた状況のすべてを、肩に背負って生きていかなくてはならない。少なくとも、人生の中にはこういう部分がたくさんあります。

『私のイエス』

平凡な生活のおかげで

たいていの人はそうだろうが、私自身には波瀾《はらん》万丈の人生などありはしなかった。私の人生の内容は同時代の人とそう変りなく、小説家という仕事はしているが破滅型ではなかったから、実生活はごく平凡なものだった。実生活での多少の不幸、多少の病気、多少の苦しみはあったが、それは他の人たちも味わうようなものであり特別に私だけに与えられた試練でもなかった。

しかし、そんな平凡な生活も小説家として小説を書くため噛《か》みしめるより仕方なかったが、そのおかげで私はいろいろな意味を見つけた。いろいろな意味がつながって大きな意味に向かいつつあるのを今、感じている。

『心の夜想曲』

ひとつだって無駄にしちゃいけない

尊敬する小説家フランソワ・モーリヤックの最後の作『ありし日の青年』に、次のような言葉がある。

「ひとつだって無駄にしちゃあ、いけないんですよと、ぼくらは子供のころ、くりかえして言われたものだ。それはパンとか蠟燭《ろうそく》のことだった。今、ぼくが無駄にしていけないのは、ぼくが味わった苦しみ、ぼくが他人に与えた苦しみだった」

この言葉を読んだ時、思わず「これだな」と思った。私が会得したものがそのまま、そこに書かれていると知ったからである。

ひとつだって無駄にしちゃいけない——と言うよりは、我々の人生のどんな嫌な出来事や思い出すらも、ひとつとして無駄なものなどありはしない。無駄だったと思えるのは我々の勝手な判断なのであって、もし神というものがあるならば、神はその無駄とみえるものに、実は我々の人生のために役にたつ何かをかくしているのであり、それは無駄どころか、貴重なものを秘めているような気がする。これを知ったために、私は「かなり、うまく、生きた」と思えるようになった。

『生き上手　死に上手』

絶対的なものはない

我々の人生には絶対的なものなどありはしないと言うことにつきる。

『生き上手　死に上手』

生きていることは心配の連続

また心配事がふえたぞ。生きていることには心配の連続の部分がある。

『生き上手　死に上手』

苦しいことは楽しみながら

苦しいことは楽しみながらやったほうがよい。

『心の航海図』

人生は平凡な苦労の連続

この人生では嬉しいことは三分の一で、あとは平凡な苦労の連続だ。

『変るものと変らぬもの』

マイナスにはプラス、プラスにはマイナス

かなり人生を生きたおかげで、私はマイナスにもプラスがあり、プラスにもマイナスがあることを充分にまなんだ。たとえば半年のあいだ私は病気がちだったが、この肉体的なマイナスのおかげで自分の人生や他人の苦しみを察することが多少はできるようになった。かえりみると病身でなければ私は傲慢《ごうまん》な男でありつ

づけていたかもしれぬ。私はある面で臆病《おくびょう》だが、この臆病さゆえに仕事の準備などに慎重であることもたしかだ。マイナスにもプラスがあり、プラスにもマイナスがあるのである。

だから私は自分の能力や性格にコンプレックスを持っている若い人には、その欠点やコンプレックスをプラス面に変えることを教えている。口下手な人間がいくら上手にしゃべろうとしても困難である。「口下手」という欠点に悩んでいるなら「聞き上手」に変えればよい。聞き上手ということは長所である。

『春は馬車に乗って』

限界をこすと悪になることも

マイナスにもプラスがあり、プラスにもマイナスがあることがわかったならば、どんなすばらしい主義思想も限界をこすとマイナスになり、どんなすばらしい善も限界をこすと悪になることを知ることだ。

それは独善主義から自分を救うに役立つからである。革命はすばらしい主義であろうが、それがある限界をこした時、非人間的なものになることでもこの観点はわかってもらえるはずである。他人を愛することはすばらしいが、それが限界をこすと相手に重荷を与え、相手を苦しめることさえある。その限界がどこかをたえず心のなかで嚙《か》みしめておかねばならぬ。

『春は馬車に乗って』

人生という織物

小説家として私は人間を探っているうちに、人間と人生とのどんなものも無駄ではないことをますます肯《うべな》うようになっている。我々の人生に起きるどんな些細《ささい》な出来事も実はひそかに糸につながれ、ひそかに深い意味を持ち、人生全体という織物を織っているのだ。

善だけが意味があるのではない。善ならざるものも、その織物には欠くべからざる要素であり、そしてその織物全体が何かを求め、何かを欲しているのだ。それを知っただけでも小説家としては果報だったと思っている。

『心の夜想曲』

人間のなかにはいろいろなチャンネルがある

一人の人間のなかにはいろいろなチャンネルがあることを知ることだ。今までの世のなかでは「ひとすじの道」と言って、自分のなかの一つのチャンネルの音だけだす生きかたをする人が多かった。私は自分のなかのいろいろなチャンネルをまわし、人の二倍を生きた気持になっている。

私がもし若い人を教育するとしたら、落ちこぼれのなかにプラスがあることを話すだろう。少年時代に私は落ちこぼれだったが、それが今、小説家として人間を知る上でどんなに役にたっていたか、わからない。人生というふしぎな過程のなかには、無意味なもの、無価値なものは何ひとつないのだ、という確信は私の心のなかでますます強くなっている。

だから挫折《ざせつ》も失敗も病気も失恋もプラスにしようとすればプラスになっていくのだ。そのプラスにする知恵を教えてやるのが、私は本当の教育だと思っている。

『春は馬車に乗って』

何ひとつ無駄なものはなかった

六十歳になる少し前ごろから私も自分の人生をふりかえって、やっと少しだけ「今のぼくにとって何ひとつ無駄なものは人生になかったような気がする」とそっと一人で呟《つぶや》くことができる気持になった。

そういう心境になったのはひとつは私が小説家であるせいかもしれない。小説家は作中人物を生むために、たえず自分の過去の貧しい体験や心理を牛のように反芻《はんすう》しているものだ。反芻に反芻を重ねているうちに、それら貧しい体験や心理が実はいつか来る大きなもののためにどんなに欠くべからざるものだったか、わかってくる。表面は貧弱にみえた出来事や経験、表面は偶然にやったようなことにも実は深い意味がかくされていて、その意味の珠《たま》と珠とが眼にみえぬ糸によってつながれ、今の自分を形づくっていることが感じられる。

それが小説家として私の学んだひとつなのだが、その気持が私に「今のぼくにとって何ひとつ無駄なものは人生になかったような気がする」と言わせてくれるのだ。

『心の夜想曲』

それが勝負です

ある料理の専門家と話をしていた。

同じ刺身で同じ材料を使って、板前によって味がちがうのはどうしてでしょうか、と私はたずねた。

「あたり前ですよ。切れ味がちがいます」

とその料理の専門家は答えた。

「それが勝負です」


『ほんとうの私を求めて』

老年を最大限に利用、活用して

病気を骨までしゃぶって

私は病身だったので病気を随分、利用した。負け惜しみではなく病気を骨までしゃぶって、私の人生の三分の一は自分の病気を利用することにあったと言っていい。かなりのトクをしたと思っている（トクとは決して物質的なことだけではない。精神的なものでもある）。

そしてそれからどんなことでも人生に起るもので利用できぬものはないと思うようになっている。人生の廃物利用のコツを多少は会得したつもりである。

『生き上手　死に上手』

病気という挫折のおかげで

病気という生活上の挫折を三年ちかくたっぷり嚙《か》みしめたおかげで、私は人生や死や人間の苦しみと正面からぶつかることができた。これは小説家にとって苦しいが貴重な勉強と体験だった。

少なくともそのおかげで、人間と人生を視《み》る眼《め》が少し変ってきた。今に思うと『沈黙』という私にとって大事な作品はあの生活上の挫折がなければ、心のなかで熟さなかったにちがいない。

『生き上手　死に上手』

何もなくてもまず笑う

自分のまずしい経験から、ぼくは今、長い病床で憂鬱《ゆううつ》になり不安にかられている人に、次のことを奨《すす》める。それはぼくが病床中いつも噛みしめた言葉だが、アランの本の中に「人間は怒ることによって手をあげるというよりは、手をあげることによって怒りが倍加する」という意味の言葉がある。つまり動作が人間の感情を引き起すということだ。だから長い病床にある人は、気持が暗くても暗くなっていてはどうにもならぬ。

まず笑ってみるのだ。何もなくても笑うマネをしてみるのである。あるいは気分があかるくなるような行為や、笑えるような行為を、医師の許すかぎりどんどん自分で行ってみることだ。

『よく学び、よく遊び』

欅よ、命の力をわけてくれ

病室の窓から大きな欅《けやき》の木が見えた。私は自分の弱い体を思うと、樹齢百年ぐらいのその木が羨《うらや》ましくてならなかった。

手術までの二カ月、毎日、その木に話しかけた。「君の長い命の力を手術の時、少しわけてくれないかな」とたのんだのをおぼえている。そして手術は成功し、以来、心のどこかに人間と植物には何か眼にみえぬ対等の交流がありうるのではないかという気持が残った。

『変るものと変らないもの』

自分だけがなぜ？

病人の憂鬱な心理のなかには自己中心的な孤立感が裏打ちになっているということだ。つまり彼はいつも、こうどこかで思っているのである。「ああ、他の人たちは健康でピンピンはねまわっているのに、自分だけがなぜ病苦に苦しまねばならぬのだろう」という感情である。

この自分だけがという錯覚はふしぎなことだが、どの患者の心理にもひそんでいるようにぼくには思えた。長期の病人は自分を他の同じ病人と比較するよりは、「病気でない」人間と比較するものだ。病気でない状態は、彼らにとってすべてのまぶしい幸福の根源のようにみえるからである。

『よく学び、よく遊び』

自分の文学に光が与えられた時

療養後半になると口惜しさを感ずる気力がなくなり、このまま人生が終るのかとか、この体では退院してもとても長くは生きられぬという気持のほうがつよくなっていった。せめて、ただ一つだけ、いいものを書いてから死にたいなどと病床で本気に思っていた。寝てもさめても次に書く小説のことばかり考えた。もちろん何を書くかは漠然としていたけれども、自分が書くであろうことのテーマが夜半の病室でもおのずと浮びあがり、闇《やみ》のなかでそれを凝視している感じだった。

これが私の三十代後半における病気への姿勢である。今、思うと私は病気してよかったとさえ考えている。病気したおかげで小説家として人生のあるものに触れたからである。そのあるものとは勿論《もちろん》、そのもののおかげで後半の自分の文学にある光が与えられたように思う。

『ほんとうの私を求めて』

医師と患者の人間関係

患者の心理は敏感である。彼は病気の治療だけでなく、心の不安や孤独を慰めてくれるものに鋭敏になっている。わずかな医師の言葉や仕草のなかにも、彼はこの医師が自分の心の不安や生活の心配までわかってくれているか、それとも病気だけしか関心がないかを微妙に嗅《か》ぎわけるだろう。
　だから私は医学は科学の一つではあるが、たんなる科学ではないと思っている。医学とは臨床に関する限り、人間を相手にする人間学でもあるのだ。医学という学を通してはいるが、医師と患者とには人間関係があるのだということを絶対に忘れないでほしい。そしてその人間関係は医師と一人の苦しむ者との関係であるから、愛が基調にあってほしいと思うのは私だけではないだろう。

『春は馬車に乗って』

老いには利点がある

自分が老いてみて思うのだが、老いにもある利点がある。若いころには潜在していてまだ顕《あら》われなかった感覚が動きはじめることだ。

『生き上手　死に上手』

人生の寂しさを噛みしめる

その人も老いたのなら、こちらもまた老いたのである。老いるということはまた、人生の寂しさを噛《か》みしめることができるようになったことでもある。

『生き上手　死に上手』

老いとは

「老い」とは、眼《め》にはすぐには見えぬもの、耳にはすぐに聞えぬもの、言語では表現できぬものに心かたむいていく年齢だという気がする。

『生き上手　死に上手』

老いる時には老いるがよろし

私は老人は自分の「老い」を「老い」として受けいれ、その上での生き方を考えるべきだと思っている。
良寛の言葉に、「死ぬ時は死ぬがよろし」という名言があるが、それに倣《なら》って「老いる時は老いるがよろし」という言葉を私は老人に贈りたい。

『心の砂時計』

長寿は幸せか

長寿であることは幸福であることか——私は老人を見るたびに考えこんでしまう。

老人には若い者のわからぬ孤独感や寂しさがにじんでいる。あの孤独感に耐えながら生きつづけるのは倖《しあわ》せなのか、私には確信をもって言えない。

『変るものと変らぬもの』

長寿にはそれなりの覚悟を

長寿を望むからには、それなりの覚悟をしなければならない。老いることはスバラしいことだ、という一面と共に、醜く、辛く、孤独で悲しい面も背負わねばならぬのである。そのマイナスの面は若年時代、壮年時代には決してわからなかったものなのだ。

『狐狸庵閑談』

老年にとぎすまされるもの

老年というのはふしぎなもので若い折の肉体や壮年時代の知性はたしかに衰えていくが、ある種の触覚・感覚だけはとぎすまされていく。そのとぎすまされていく感覚をシュタイナーは次なる世界への媒介《ばいかい》感覚といった。

『生き上手　死に上手』

死は公平

死は公平だ。どんな人にも公平にやってくるからだ。

『生き上手　死に上手』

老年のおかげ

年とったことの功徳はいくつもある。
(一)たいていのことを許せるようになる。自分も長い過去の間に愚行や過ちを数多く重ねているので、他人が同じことを犯しても「やはり」という気持がどこかに起きるのだ。俺も昔は同じだったんだからという思いで、相手を批判したり非難できなくなる。
もっとも礼儀上、怒った顔はするが、それは本気ではない。
(二)生きる上で本当に価値のあるものとむなしいものとの区別がおのずとできてくる。

若い頃や壮年の頃にはどうしても目先に眼がくらみ、おのれの出世、生活に役だつものに心奪われがちなのは当然だが、次々と友人、知人たちがこの世を去り、生きることのはかなさを身にしみて感じだすと、表面的な華やかさでなくて、本当に自分に大事だったことが何だったかが察知されるようになる。

私はこの頃、いささか老年を享受する心境が僅《わず》かながら持てるようになった。

つまりこれを最大限に利用、活用して、楽しみを大いに楽しみ、労力のかかることは御免いただき、そしてまあ、この社会のなかで皆に嫌われない老人の役割を演じることを考えだしたのである。

若い頃には敬遠していた漢詩や仏教の本を少しは理解できるようになったのも老年のおかげである。

モンテーニュの本なども久しぶりに開いてみると、若い頃とは違った味をそこから発見できるのも老年のおかげである。

『心の砂時計』

いつまで生きていたいか

君は長生きしたいかと聞かれることがあります。人間だれでも長生きしたいですよ。私もしたい。しかし、いつまでもいつまでも生きていたいかといわれると、ちょっと考えてしまいますね。百五十歳まで生きると考えると、面倒臭い気もします。面倒臭いのはこの私が本当は気を使うたちだからです。私が長生きしたいというのは八十歳、せいぜい八十五歳ですね。それだけ生きたら天寿を全うしたことですよ。

今、男の平均寿命が八十歳とします。それでは八十歳が天寿かというと、そうでもない。天寿とは何歳までということはない。平均寿命はまだ延びるかもしれません。

『死について考える』

感謝の死の受容

死に支度をいたせ、いたせと桜かな、という一茶の句にはやはり散る桜におのれの死を考え、その準備をしようと思う一茶の気持があらわれている。

死ぬ時は死ぬがよろし、と日本の聖者は言った。これも好きな言葉である。願わくはそのような気持で死を受容できたら、どんなに良いであろう。

知人や友人の死去を知るたびに、私は今、書いたような気持をくりかえし、くりかえし味わうのだが、しかし「死ぬ時は死ぬがよし」にはまだまだ程遠い。

そのような大悟は自分を宇宙のなかの一生命と見て、宇宙のリズムに素直に従おうという心だろうが、その素直さが私には欠けている。

そのくせ死のことはいつも頭のどこかにあるらしく、夜半眼《め》をさました時など、自分が息を引きとる光景などを漠然と想像したりする。しかし、そんなことを前もって不安がるよりも、その時が来たらその時、考えればいいではないかと教えてくれた友人もいる。「明日を思いわずらうなかれ。今日のことは今日にて足れり」という心境であろう。

「ああ、生きていてよかった」と自分の人生を肯定し、そのような人生を与えてくれた天なり神なりに「有難うございました」といって息を引きとれたら、どんなに倖《しあわ》せだろう。


『生き上手　死に上手』

見苦しく死のうが、見苦しくなく死のうが

日本人は古来、死にさいして見苦しくしてはならぬという信念を持ち、美しく死ねることを願ったが、基督《キリスト》教のイエスは十字架で死の苦しみを赤裸々《せきらら》に人間にみせてくれた。

今の私には見苦しく死のうが、見苦しくなく死のうが、そんなことは神からみれば大したちがいはない、という気持がある。

『生き上手　死に上手』

愛することは棄てないこと

恋を燃えたたせるもの、それは苦しみ

恋の炎を燃えたたせる油は、苦悩だということです。恋の苦しみはかえってあなたの情熱を烈《はげ》しくさせるものなのです。そして逆にこの恋につきものの苦しみが失われると、恋愛は色あせていく傾向があります。

『生き上手　死に上手』

愛を続かせるために

恋愛は勿論、陶酔がなければ生れませんが、その陶酔を知恵によって制御することも、二人の愛を何時までも続かせるため必要なのです。

『恋することと愛すること』

女性の魅力の条件

男というのは、女性が、どこか自分のわからない一点をいつまでも持っていてくれることを望みます。
どんなに愛しあっていても、自分がわからない部分があるということが、男性にとっての女性の魅力のひとつの条件となるのです。

『あなたの中の秘密のあなた』

情熱とはエゴイズム

情熱とはある意味で自己中心主義、一種のエゴイズムである。

『恋することと愛すること』

時間に任せなさい

失恋をして相談にくる娘さんに私はよく、こう言ったものだ。

「時間に任せなさい」

その時はどんな慰めや励ましの言葉をかけても効果がないことを私はよく知っているからだ。

そういう時は時間が最良の良薬だ。うすͺ紙をはぐように失恋の苦しみが消えていく。そのほかに手はない。

失恋だけではない。人生の苦しみの半分は時間がたつに従って、薄らいでいくことが多い。

その当座はこの苦しみ、いつまで続くかと思うが、一年たち、二年たつと、記憶のなかから遠ざかってゆく。

だから私はなにか苦しい時は、

（いつかは消える、いつかは消える）

と心のなかでつぶやくことにしている。


『変るものと変らぬもの』

幸福感と空虚感を同時に

自分が獲得しようと思い、懸命になって追いかけた女性を遂に得た瞬間——これは女性の皆さんのお叱りを受けるでしょうが——男性というものは幸福感と共に、ある淋しさとも空虚感ともつかぬものを感じるのです。このウツロな感じや淋しさは、もはや動いたり、闘う必要のない、生命感を喪《うしな》ったような気分からもたらされるので男性はその時、言いようのない焦燥感を覚えるわけです。

『恋することと愛すること』

人間が人間を徹底的に信じる

恋愛の素晴らしさは意識的にせよ、無意識的にせよ、人間に相手を「信ずる」行為をやらせる点にある。人間がもう一人の人間を徹底的に信じる点にある。恋愛は相対的な情熱にすぎぬが、我々がその価値をみとめざるをえないのは、たしかにその点にあるのだ。

『愛情セミナー』

恋愛の宿命

恋愛はいつかは狎《な》れや疲労をともなってくるものです。

『恋することと愛すること』

男に飽きられるとき

男に飽きられた女性には彼女が彼にすべてを与えすぎたためだと気がつかぬ人が多い。彼女は惜しみなく、すべてを彼にくれてやり（それを愛情だと錯覚したのである）、そのために彼に「もっと、もっと」の心理を起させなくしてしまったのである。恋愛は何よりもそれが破れぬようせねばならぬ。にもかかわらず、女性は「与えすぎる」ことで、自分たちの恋愛を台なしにしてしまう時がある。はっきり言えば、その女性は、人間の心理、男の「もっと、もっと」の心理を知らなすぎたのである。

『愛情セミナー』

男遍歴する女性

男から男を遍歴する女性は必ずしも烈しい情慾の持主とは限らないでしょう。そういう女性のなかには何か渇《かつ》えたものを心の底にかくしていて、それを男に求めるが決して充たされない。だからまた次の男を探して歩く。そんな女性だっている筈です。

彼女の渇えたものは何か。それは一言では言えないでしょう。自らのすべてを貫いてくれる絶対的な愛か、それとも身も心も充足させる充実感か。そういう烈しい渇きをマグダラのマリアもイエスに会うまでは持っていたと考えられます。だから彼女は一人一人の男のなかにそれを見つけようとした。しかし愛欲というものは一時の陶酔を彼女に与えても、絶対的な満足をもたらしはしない。だから彼女はまた男を変える、変えても最後に残るのは苦い幻滅と自己嫌悪です。そして、言いようのない空虚感です。ひとつの空虚感を味わうたび、それを充たすため別な男のところに走る。そして彼女はふたたび心に傷つかねばならぬ。

『イエスに邂った女たち』

愛欲と愛

愛欲は相手の自由をうばい、自分も深く傷つける。しかし愛はその逆になる。

『イエスに邂った女たち』

愛の暗さを直視して

愛というものは二人の男女の幸福や結合を求めながら、むしろ不安によって、苦しみによって、疑惑によって燃えあがるという矛盾を持っているのです。

勿論、誤解のないように申しあげておきましょう。愛が「燃えあがる」ということと、愛が「高まる」ということとは別なことです。けれども、こうした愛の矛盾と謎、つまり人間の愛の持つ、どうにもならぬ悲しさに眼をつぶって、ぼく等は高い愛を説くわけにはいきません。

悲しいことであり、苦しいことですが、この愛の暗さを直視して、恋愛の知恵は少しずつ、創りだされるものなのです。

『恋することと愛すること』

愛は現在から未来にむかって

情熱とは現在の状態に陶酔することですが、愛とは現在から未来にむかって、忍耐と努力とで何かを創りあげていくことです。

『恋することと愛すること』

トロ火の愛

愛情は情熱とは違って、激しく燃え上がる炎ではなく、持続するトロ火のようなものだということと、そのトロ火のような火を保ち続けるためには、やはり知恵と技術が必要である。

『あなたの中の秘密のあなた』

愛の本質

愛情というのは、きれいでなくとも、あるいはきれいなものが醜くなっても、魅力的なものが魅力的でなくなっても、決してそれを捨てないでいる、ということです。

『あなたの中の秘密のあなた』

愛というのは棄てないこと

きれいなものに心惹《ひ》かれるという感情、これは情熱です。
しかし、愛というのは〝棄てない〟ということではないでしょうか。自らの選んだ女や、自らの生きている人生を途中で棄てるような人は、私はやはり愛がないと考えるのです。

『私のイエス』

愛は創りだすもの

愛の第一原則は「捨てぬこと」です。人生が愉快で楽しいなら、人生には愛はいりません。人生が辛《つら》くみにくいからこそ、人生を捨てずにこれを生きようとするのが人生への愛です。だから自殺は愛の欠如だと言えます。

男女間の愛でも同じです。相手への美化が消え、情熱がうせた状態で、しかも相手を「捨てぬ」ことが愛のはじまりです。相手の美点だけでなく、欠点やイヤな面をふくめて本当の姿を見きわめ、しかもその本当の彼を捨てぬのが愛のはじまりです。

恋なんて誰でもできるもの、愛こそ創《つく》りだすもの、と憶《おぼ》えておいてください。

『生き上手　死に上手』

強さも弱さも

愛するということは美化された相手を愛することではありません。相手を一人の男性として彼の強さも、弱さも愛することであります。

『恋することと愛すること』

愛は矛盾に充ちたもの

人間の愛とは矛盾に充ちたもの。安定は情熱を殺し不安は情熱をかきたてる。

『恋することと愛すること』

貴方の愛は貴方の運命

まこと、愛の世界は深い森に似ています。恋愛とは結局、貴方たちの一人、一人が自分の力だけで歩いていかねばならぬ一本の細い綱のようなものです。右の爪先に力を入れすぎると足をふみすべらす。左の爪先に力を入れすぎても重心を失う。そのように危険きわまりない綱の上を貴方たちは渡らねばなりません。誰も貴方を最後まで助けることはできない。

つめたい言い方ですが、それはどうにもならぬものです。なぜなら貴方の愛は貴方の運命ですし、貴方の運命は他人の知恵や忠告では結局どうにもならぬものだからです。

それは結局、自分がくるしみ、傷つき、その体験から自分の知恵を創りだすより仕方のないものだからです。


『恋することと愛すること』

困難な山登りに似て

一人の女を愛して生涯、彼女との約束を守るというのはまことに困難である。それは孤独な高い山を登るのによく似ている。なぜなら、女性というのはいつまでも情熱の対象になるだけの魅力や美しさを持っていないからだ。初めは美点にみえたものが、やがては鼻につく短所と変り、初めは美しく思えたものも、やがて色あせ、醜《みにく》くなる。

しかし美しいもの、魅力あるものに心ひかれるのなら何の忍耐も努力もいらん。青春に自分がえらんだ娘が美しく魅力ある時、それに惹きつけられるのは馬鹿でも阿呆でもできることなのだ。

歳月がながれ彼女たちがやがて色あせ、その欠点や醜さを君に見せる時になっても、それをなお大事にすることは誰でもできることではない。

そして愛とは美しいもの、魅力あるものに心ひかれることではないのである。外面的美しさが消え、魅力があせても、それを大事にすることなのだ。

『愛情セミナー』

自分の人生との契約を結んだのだ

「ぼくの愛を信じてくれ」
と君が彼女に言った時、君はその女性と――いや、君の人生と契約を結んだのである。それはその愛をどんな苦しいことがあっても棄てないという契約にほかならぬ。

『愛情セミナー』

夫婦という不思議な縁

本当の夫婦とは

本当の夫婦愛とは「女房に持ってみればみな夢」からはじまるのではないか。表面的な美しさや魅力のメッキがはげて、当人の欠点やアラがわかってきたところから夫婦愛ははじまるのだ。夫らが「女房に持ってみればみな夢」ならば、女房のほうは「亭主に持ってみればみな夢」である。お互いさまというところだ。

そして本当の夫婦とはこの夢が破れたところに情味、情愛を感じ、それをスルメのように嚙みしめてできるものではないか。

『生き上手　死に上手』

分を知る聡明な妻

女房を部下や後輩の前で威張らしたりゾンザイな口のきき方をさせておくのは、亭主のほうにも非があることはたしかだ。

たしかだが、しかし聡明な妻というものは、自分が何者であるかをよく知っていて、けっしてその分《ぶん》を越さぬようにすべきだと思う。結局、笑われるのは御当人であり、またその亭主でもあるのだから。

『ぐうたら社会学』

男の身勝手

男性は、悪の要素、不潔な要素がまったくなくなってしまって、まるで消毒液のような匂いのする妻に満足するとはかぎらないのです。

したがって、

一、浮気というものを、道徳の面から考えてはいけません。あなたたちの心理的な面から考察しなければならないのです。

二、あなたが彼のために一生懸命にやってあげていることが、彼の心理的圧迫になっていないかどうかを考えてください。
三、あなたが良妻であるように努力することが、漂白されたシーツのような女にあなたを仕立ててはいないか、を考えてください。
四、あなたが彼を構いすぎていなかったかどうかを考えてください。
男性というものは、限定されたり、拘束されたりすることを最終的には嫌うのです。
一年め二年めは、あなたが愛情を示すことは嬉しいのですが、だんだん鼻につき始めるのです。(男のわがままやエゴイズムととらないでください)
そんな身勝手な、という言いかたもやめてください。というのは、心理的な問題であって、道徳的な問題ではないからです。

『あなたの中の秘密のあなた』

男の三要素、女の三要素

おれたちは、なかなか父親になれないんだよ。なかなか夫になれないんだよ。女の悪いところは、結婚して、わたしはこんなに、すぐ妻になりました、だからあなたも夫になって下さい、わたしは母親になりました、あなたも父親になって下さい、と無言で要求してくるだろう。

しかし、男の中の父、夫、男という三要素でいえば、こっちはいつまで経っても男が第一要素よ。その次に父だ。最後にちょびっと夫だよ。ところが女は違う。最初に母親、次に妻、それから女だよ。だから結婚生活というのは、ここのところをどう調和させていくか、というのがむつかしいんじゃないの。

男がよき夫、よき父親になろうとすれば、その瞬間、自分を失うだろ。失ってもいいと思えば、それでいいんだけどね。

でもね、だます、ということがあるんだよ。浮気とかヘソクリのことじゃなく、このバランスをだますんだよ。むこうの母性愛に対して、こっちがこどもになったりしてね。女房と真剣に向かいあわなければならんときは、そうするよ。それが済んだら元へ戻ればいいんだ。

自分の部屋のカギ、ぱたっと閉めて己に戻ればいいんだよ。それは生活の知恵じゃないな、やっぱり人間に対するやさしさの問題だよ。なァ。やさしさだなァ。

『ぐうたら社会学』

女の要素を消していないか？

恋人時代や新婚時代のように、女の要素を自分の夫に見せているでしょうか。あなたの中に、もう大丈夫だという安心感、つまり永久就職ができてしまったという安心感がありませんか。

妻の要素、母の要素が女の要素を消してはいないでしょうか。もう一度初心に返ることが必要です。

『あなたの中の秘密のあなた』

わからないからこそ好奇心が尽きない

相手を完全に知ってはいないからこそ、また、相手からもわかってはもらえないからこそ、夫婦というのは相手に対する好奇心がいつまでも尽きない、と言えるのです。また、それによって倦怠期が救えるということがおわかりでしょうか。

彼を味わえば味わうほど、別の彼が出てくるはずです。

別の彼を味わえば味わうほど、第三の別の彼が出てくるはずです。

だから、結婚生活というのは面白いのです。


『あなたの中の秘密のあなた』

長所も欠点も

夫婦というのはその長所で支えあっていると同時に、その欠点で支えあっている時が多い。

『愛情セミナー』

結婚生活が光るとき

結婚生活というものは退屈なものだけれども、それを放棄しないで、抱き締めていくうちに、ある光を放つに違いないと思います。

『あなたの中の秘密のあなた』

結婚生活に情熱は存在しない

もちろん情熱は愛とは違うのだが、情熱は男女の場合、愛の入口になることが多い。しかし、そのためにいかに多くの男女が、情熱がなくなった状態を愛が欠如した状態だと錯覚していることだろう。たとえば夫婦が結婚生活のなかに情熱をみつけようとする夫婦の多いのはこの錯覚のよい例である。

結婚生活には情熱など存在しないのである。しないのではなく、しえないのである。

『愛情セミナー』

「化ける」を忘れるな

女に男がいちばん、幻滅するのは、女房をもらって三年目という説がある。この三年目には女房は安心しきって、夫の前で「化ける」ことを忘れるからであろう。女の仕事の一つは娘時代でも人妻時代でも、年齢に応じて心身とも「化ける」ことであるのに、夫を幻滅させるのは化け方にも怠慢な女房だと言われても仕方がない。

『ぐうたら社会学』

結婚生活のために

①結婚生活に情熱を見つけようとしないこと。
②結婚生活の持っている退屈さを当然のものとして肯定すること。
③この退屈さを知恵と技術によって克服していくこと。

『あなたの中の秘密のあなた』

いい夫婦だったね

自分がまさに死ぬ前に、

「ボクらはまあ、いい夫婦だったね」

と言った男の言葉は華やかではないが、実に千鈞《せんきん》の重みがある。

更に、

「今度、生れ代ってくる時もお前と一緒だよ」

という言葉は百や千の気のきいた愛情表現よりも百倍も二百倍も価値がある。

私は正直いって、ベタベタしている夫よりも、このような夫のほうが好きだし、
自分の感覚にもあう。


『変るものと変らぬもの』

離婚を防ぐ方法

離婚を防止する一番良い方法は、いろいろな形で連帯感を作っておくことです。わたしはそういう意味で、夫婦共通の趣味を持つことを勧めます。

一緒に何かをして楽しかったという思い出をたくさんこしらえてください。と同時に一緒に苦労をして何かを乗り越えたという思い出も、たくさん作っておくことです。

夫が事業や仕事でピンチに立ったとき、そのときこそあなたは両手をあげて万歳というべきです。

夫がピンチに立ったとき、あなたと主人を結ぶきずなは強くなるのです。その夫のピンチに対して、あなたがどれだけ力を尽くしたかということは、後々まで夫の心に残るでしょう。これほど離婚を防ぐ、いい方法はありません。

夫が病気になったとき、（もちろん重病でなく）あなたは万歳というべきです。あなたの懸命な看病が、後になってあなたに対する連帯感を呼び覚ますでしょう。

家庭に不幸せが来たとき、あなたと夫のきずなを強化するチャンスがきたと考えましょう。

これとは逆に、家庭生活が余りに波乱なく幸福だと、それだけ離婚の危機は起っていると考えていいのです。

『あなたの中の秘密のあなた』

倦怠期を乗り越えるには

結婚生活の中では必ず倦怠期というのが訪れるのですから、その夫婦問のピンチのとき、どうすれば良いか、という一番大きなヒントになります。

その倦怠期は、ある夫婦には一年後に訪れるかも知れません。しかし、別の夫婦には半年も経ないでやってくるかも知れません。三年後に訪れる夫婦もあるでしょう。それは、子供があったり、なかったり、また、まわりの環境によっても違いますが、遅かれ早かれ、この倦怠期は必ずやってきます。

つまり、情熱がまったく消えてしまった状態です。

このときこそあなたは奮起し、努力し、忍耐しなくてはなりません。

この状態を乗り越えるには、いろいろな方法があります。

その一つは、子供を活用することです。別れたいと思っても、別れて不幸になるのは子供だ、という考えが頭にひらめいて、一年だけ延ばそう、もう一年だけ延ばそう、わたしのためではなく、子供のために延ばそう、というふうに一年延ばし、二年延ばし、三年延ばし……、そうするうちに倦怠期を乗り越えたという夫婦を、わたしは知っています。

わたしは、これはこの夫婦にとって決して不誠実なことではなく、むしろ誉めそやすべき、立派な方法であったと思います。

若い人に、子供を利用して夫婦の倦怠に目をつぶった、と言えば、ずるいやり方だと言われるかも知れませんが、わたしは、これはずるいやり方でも何でもなくて、やはり、夫婦の無意識の知恵だと考えるのです。

倦怠期のとき、まず、子供のためにもうちょっと頑張ろう、という気持ちになって欲しいと思います。

それはあなたの欲望

「してはならぬこと」「みせてはならぬこと」だと考えているあなたの部分は実はあなたの潜在的な欲望であることが多いのです。

マジメな人妻と自認しているあなたはおそらく、夫以外の男性に興味や関心を示すことを「してはならぬこと」「みせてはならぬこと」だと考えているわけですが、それは実はあなたの欲望《よくぼう》にほかならないのではないでしょうか。

『ほんとうの私を求めて』

母性としての使命

女性が最も女性としての尊厳をもつのは、何といっても彼女が母性になりうるということでありましょう。この母性としての使命は、男性がもっと敬意をはらってもよいものであります。そして、肉体や肉欲というものに正当な価値を与えるためには、それが、この母性を創るための場合であります。そういってしまえば、皆さんは何だ、そんな簡単なことかと思われるかも知れない。だが、肉や肉欲は、精神的なものと一致した時、その使命や正しい意味をもつのであり、決して嫌悪したり拒絶すべきものではない。母性という崇高な徳や能力と結びついた時、肉欲もまた美しいものとなるのです。

『恋することと愛すること』

神秘の意志が働いている

人と人とのめぐりあいを今の私は偶然の出来事とは思っていない。人と人とのめぐりあいの奥に、我々をこえた神秘な意志が働いていることを考えざるをえない。

『お茶を飲みながら』

縁のふしぎを大事に

どのような形で自分の配偶者をあなたは選んだのだろうか。

「彼（彼女）をみつけ、選んだのはこの私だ」

とあなたが錯覚するならば、もう一度、考えてみよう。かりにあなたが配偶者を選んだとしても全世界すべての男（女）のなかから選んだのではあるまい。せいぜいあなたの周辺や周辺に偶々《たまたま》、来た異性から選んだにすぎぬ。だからあなたの選択は結局、たいしたことではないのだ。

むしろ大事なのはその人があなたの配偶者になったふしぎさのほうである。なぜ、その人がこの世に生れて、あなたの周辺にいたのか。あなたに選ばれる場所にいたのか。そのほうが神秘的である。そこにはあなたの見通《とお》しや智慧《ちえ》の及ばぬ何かで働いていると思わないだろうか。

これが縁のもつふしぎさ、神秘である。そのふしぎさに思いあたる時、この縁を大事にしたいという気持もおのずと湧《わ》いてくる。その気持には眼《め》にみえぬものに対する畏敬《いけい》の感情もまじっているのだ。


『生き上手　死に上手』

自分の中の自分

人間の幸福

人間は本来、他人を信じてこそ、幸福になるのである。

『変るものと変らぬもの』

人間というもの

人間は素晴らしいものである。と同時に人間は怖《おそ》ろしいものである。

『変るものと変らぬもの』

たった一回の邂逅でも

この世には何十回あっても、相手の存在が自らの人生に何の痕跡《こんせき》も与えぬ人がいる。その一方、たった一回の邂逅《かいこう》が決定的な運命をもたらす相手もいる。

『生き上手　死に上手』

自己を知る、いちばんむつかしい

アイデンティティという言葉がある。「自己認識」というほどの意味だが、この自己を知るというのも人間のなす行為のなかでいちばん、むつかしいものであろう。

『生き上手　死に上手』

人間の内部は、あまりに混沌としている

人間の内部のことを考えると、それがあまりに混沌《こんとん》としていると同時に、あまりに神秘的な気がする。それは底知れぬ海の底のようなイメージを私に与える。光も届かぬ深海の底には、いったい何があるのか、わからない。あの感じに似て

いるのだ。
その光も届かぬ底知れぬ世界がアームなのであろう。私は三文文士だから人間を書くことを商売としてはいるが、人間がつかめるとは一度も考えたことはない。どんな小説を読んでも、これが人間をすべてとらえていると思ったこともない。小説が書く以上に、小説など及びもつかぬほど人間の内部はふかいという気持がいつもある。そこに手の届くのは宗教だけだという気持もある。

『お茶を飲みながら』

自分を教育するコヤシ

教育というのは結局——他人からしてもらうことではない。自分が自分にすることである、ということを、戦後の我々は随分、忘れてきたのではないか。

どんな環境におかれても、その環境から何かを吸いあげる人がこの世にいる。

たとえば貧しいということはハンディキャップである。しかし、貧しかったゆえに強い意志を自分のなかに作った人を私はたくさん知っている。病身は当人にとって確かにハンディキャップである。しかし、病身であるゆえに他人にも思いやり深い人も私はたくさん知っている。

そういう人たちを見るたびに私は教育とは結局、自分が自分にすることだなあ、と考える。そして、どんな環境にあってもそこから自分を教育するコヤシは見つかるのだなあ、とも思う。更にまた、自分たちの失敗を外部の事情や環境のせいにしがちな戦後の我々は、このことを根本的に頭に叩《たた》きこまねばいけないなあ、とも考える。

『お茶を飲みながら』

事実の中の真実

我々は事実だけの世界で生きているのではない。いや、むしろ我々は事実を通して事実の中に自分のための真実を探し、それによって生きているのである。

『万華鏡』

あなたの他にもう一人のあなたがいる

①あなたの他にもう一人のあなたがいる。
②もう一人のあなたの方が表面のあなたを左右しているときがある。
③もう一人のあなたは消そうと思っても消せるものではない。
④もう一人のあなたがあるからこそ、あなたは人間なのです。

『あなたの中の秘密のあなた』

恥しさと後悔と

この年齢《とし》になると真夜中、ふと目のさめることが多い。眼をあけて自分の人生をかすめた人たちのことを思いだし、嚙《か》みしめ、恥しさと後悔とのまじった気持に胸しめつけられ、呻《うめ》きにも似たかすかな声を時にはあげることもある。

『ピアノ協奏曲二十一番』

自分のなかの二つの自分

自分のなかに二つの自分がいる——

自分でわかっているつもりの自分と、そして自分でも摑《つか》めていない自分と。

自分で意識して生きている自分と、そして自分でもわけのわからぬ自分と。

この二つの自分を私はある時期からひどく気にするようになった。誰《だれ》かと話をしたり、何かをやったりしている時、不意にこの言葉の奥にどういう心がひそんでいるか、この行為の動機には自分で考えているものと別のものがあるのではないかと思うようになった。


『心の夜想曲』

長所と短所は背中あわせ

不愉快な奴、イヤな奴とぶつかると、私は視点を変えることで、そいつがそれほどイヤな人間ではないと思おうとしている。これはそんなにむつかしいことではない。

というのは、かなりの人生を生きたため、私は、人間の長所が短所にほかならず、逆に短所が長所でもあることに気づいたからである。つまり短所の裏面は長所で、長所と短所は、何のことはない、背中あわせになっているにすぎないのである。

『足のむくまま気のむくまま』

その理由はコンプレックスから来ている

あなたには何となく好かない人がいるでしょう。その何となく好かない理由をよく考えてみると、意外にその理由があなたの「コンプレックス」から来ていることが多いのです。

『ほんとうの私を求めて』

憎むべきではないのかも

私は何かに腹をたてるにはもう年齢《とし》をとりすぎたし、どんな人にも心から憎しみを抱かなくなったが（それは私が人間を描く小説家という仕事をしてきたせいかもしれない）、ただひとつ、イヤだなと思う人間のタイプがある。

それは他人を批判する時だけ、自分が道徳家であるような種類の人間である。

だれかの生き方、だれかの行為を非難する時に、自分が人生で決してそんな行為や生き方をしないかのごとき気持を持つ人間——そんな人間を見ると、私は心の底から不愉快な野郎だと思う。こんな人とは交際したくないと思う。

だがよく見てみると、彼はその時、非難する相手に自分の欠点を発見し、相手に自分と同じ欠点を発見したゆえに口をきわめて罵《ののし》っているらしい。

「あいつは卑怯な奴だ」

としつこく言う時、その人は自分もまた卑怯な人間であることを怖れ、怖れるゆえにそれを他人に投影して罵っているのかもしれない。だから彼は、実は自分を罵っているのである。

そう思うと、やはり、その人も憎むべきではないのかもしれぬ。

『足のむくまま気のむくまま』

偽善的道徳漢にならぬために

「人には言えぬ秘密」を心に持った者はそれを噛みしめ、噛みしめ、噛みしめるべきである。そうすれば本当の自分の姿もおぼろげながら見えてくるだろうし、その本当の自分の姿から生き方の指針が発見されるだろう。

だから、むしろその秘密に我々は感謝してよいのだ。そしてそれを噛みしめることで、少なくとも我々はこの世のなかの最もイヤな偽善者――いつも自分を正しき者として他の人を裁く偽善的道徳漢にならずにすむのである。

『生き上手　死に上手』

人間の心に潜むもの

人間の心もすべてあかるい場所、理解しうる世界である筈《はず》はない。人間の心のなかには他人には覗《のぞ》くことのできぬ暗間がある筈である。

『ほんとうの私を求めて』

心は奇怪でも非合理的でも

小説家という仕事をやっているために私は人間の心の深さ、ふしぎさはたとえそれが奇怪にみえようと、非合理的に思われようと、決して無視したり軽視したりできぬと考えるようになった。

逆にいうと非合理的にみえ、奇怪にみえる人の心にこそ、人間の魂が何かを囁《ささや》き、何かを暗示しているように思われてならないのである。

『心の砂時計』

本音の場所

人間の心のなかには、最も昏く、最も秘密のある場所がかくれていることを。
そしてその心の場所が本当はその人間にとって本音であることを……。

『ピアノ協奏曲二十一番』

秘密ゆえに

我々には誰にでも、それを思い出すだけでも心が苦しくなる秘密がある。その秘密というのは、もちろん人によってそれぞれ違う。ある人には何でもないことでも、別の人には暗澹たるしこりを残しているかもしれない。そしてそれが、彼にとって一生、洩《も》らすことのできないような秘密になるかもしれない。

正宗白鳥という作家は、さすがにこのことをよく知っていた。

「人間には誰でも、それを他人に知られれば、死んでしまった方がましだという秘密がある」

そしてそれは過失ではなく、罪の匂いをともなった秘密だから、我々はそれを人に知られたくないのである。

過失は文学にはならないが、白鳥の言う心の秘密は文学になる。思えば私もその秘密を糧として小説を書いてきたようなものだ。


『足のむくまま気のむくまま』

無意識の力

人間にはそれぞれ、当人の知らぬ無意識の力がある。
無意識のなかには想像以上の創造力、自己恢復力、病気を治す力（自然治癒力）などがかくれている。

『狐狸庵閑談』

人間の自由は奪われない

「強制収容所を経験した人はだれでもバラックの中を、こちらでは優しいことば、あちらでは最後のパンの一片を（病人に）与えた人間の姿を知っているのである」

一日、一つのパンとスープしか与えられず、もしそれを食べねば強制労働中、自分が倒れてしまうかもしれぬのに、そのパンを病人に与えた人がごく少数であったが存在していたことをフランクルは記録しているのだ。

そして、その時「世界って、どうしてこう美しいのか」ということばが意味を発するのであり、人間の自由はどういう時でも決して奪われることはないと私に思わせるのである。

『よく学び、よく遊び』

男らしさの条件

人に優しかったり、細かく気を遣ったりするのは女々しいと思われがちだ。しかし、本当の男らしい男になるためにも、優しさが必要であり、相手に対する細やかな気づかいも大切だと思う。

というのは、これは他人の心を想像する力があるからできるので、想像力のない奴は相手の心情が分からない。相手が寂しいのか、悲しいのか、それに気づくような奴は想像力があるということです。これが、男らしい男なんじゃないかな。

優しさというと、男性的とは異質じゃないかと思う人がいるかもしれないが、本当の男らしい男の条件には、この優しさは不可欠だと思う。


『らくらく人間学』

他人の人生では傍役

たしかにどんな人だってその人の人生という舞台では主役である。そして自分の人生に登場する他人はみなそれぞれの場所で自分の人生の傍役《わきやく》のつもりでいる。だが胸に手をあてて一寸《ちょっと》、考えてみると自分の人生では主役の我々も他人の人生では傍役になっている。

たとえばあなたの細君の人生で、あなたは彼女の重要な傍役である。あなたの友人の人生にとって、あなたは決して主人公《ヒーロー》ではない。傍をつとめる存在なのだ。

『生き上手　死に上手』

家庭という人間教育の場

人間教育は家庭で

作法や礼儀を教えるのは家庭であり、学校ではない。学校とは人間教育よりも読み書き、ソロバンをしこむ場所だと考えたほうがよい。

『お茶を飲みながら』

教育とは親の人生観

教育とは親の人生観、幸福観なしには成立しない。

『ひとりを愛し続ける本』

才能はほめればのびる

ほめられれば才能はのびるのである。私は後輩の作品をほとんどけなさない。ほめることにしている。ほめればその才能は刺激される。そして自信がついてくる。

劣等生たちに必要なこと。それはしかることではない。けなすことではない。

きびしく罰することではない。彼のなかに埋もれている美点を、かくれた才能を教師と大人とが発見してやることなのだ。そしてそのかくれた美点（美点のない劣等生などはいない）に水をかけ、肥料をあたえ、育ててやる。そうすれば必ず必ずどんな子供でも立派になっていく。

立派ということは社会的順応主義にあてはまらないかもしれないが、とにかく立派になるはずだ。

劣等性をほめてやろう。自信をもたせてやろう。一流の大学にムリヤリ入れるのが人間の人生じゃない。平均的社会人にするのが、必ずしも人間教育じゃない。

『春は馬車に乗って』

私の一点

母は、

「お前には一つだけいいところがある。それは文章を書いたり、話をするのが上手だから、小説家になったらいい」

と、言ってくれた。

とにかく、算術はからっきし出来ないし、他《ほか》の学科もさんざんだったが、小説というのか童話というのか、そんなものを書いて母に見せると褒めてくれるので、それを真にうけて、大きくなったら小説家になろうという気持を、その頃《ころ》から持つようになったのだが、——それだから小説家になったのでもない——もし、その当時、母が他の人たちと一緒になって、私を叱《しか》ったり馬鹿にしていたら、私という人間はきっとグレてしまって、現在どうなっていたかわからないという気がする。

母が私の一点だけを認めて褒め、今は他の人たちがお前のことを馬鹿にしているけれど、やがては自分の好きなことで、人生に立ちむかえるだろうと言ってくれたことが、私にとっては強い頼りとなったと言える。

『ほんとうの私を求めて』

男の子と女の子の育て方

男は子供にたいして、どんな感情を持っているのだろうか。これは一概には言えないし、また父親の男の子にたいする気持と女の子にたいする気持ではかなり違ってくるものだ。なぜなら男は女の子にはまだ「育てる」気持を抱いているが、男の子にたいしては別の心理があるからだ。
男は自分の男の子にたいしては、自分の人生の延長、もしくは復活という気持をどこかに抱いているようにみえる。それは後継者という感情にも変るし、また自分の挫折した運命をやりなおしてくれる次の走者という気持にもなる。だから我が子を「育てる」という感情よりも、「鍛える」という心のほうが当然つよくなってくるのだろう。

『愛情セミナー』

無駄な心の種はない

私は子供の教育というものは、もちろんキビシクする時はキビシクするが、子供を犬や空地と結びつけ、ポカンとさせたり、空想にふけらせたり、夕暮の茜《あかね》色の空に感動させたりすることだと思っている。

少年時代、私は忍者になろうと思い、本気で山のなかに入って修行しようかと考えた。自分の体を消すことができれば、イヤな授業に出なくてすむからである。

そういう愚かしい子供の空想は人生にとって絶対、必要である。大人はこれを叱ってはいけない。無意味で無駄な心の種などないのである。

『心の砂時計』

父親にとってライバル

父親とは息子にとっては本質的に「ライバル」であり、娘にとっては本質的に「かりそめの保護者」にすぎない。

『愛情セミナー』

畏れねばならぬ

「おそれを知らぬ子供たち」という言葉があるが、そこには〈恐〉があるだけで〈畏〉が脱けおちているんだ。だから彼らは〈畏怖〉を知らずにいる。〈恐れを知らぬ子供たち〉というのは、それはそれでいいことだと思う。若者が何ものをも恐れずに目的めがけて突きすすむ――これはいいでしょう。

しかし同時に、〈畏れねばならぬもの〉も人間のなかには必要なんです。つまり、尊敬の対象としての〈畏《かしこ》み〉、これが人間の心に必要であるにもかかわらず、いつのまにか忘れてしまったというか、棄て去ってしまったというのが、日本の戦後の民主主義の大いなる欠陥だったと思う。

『らくらく人間学』

わが家の憲法

私はめったに叱らない。息子に関する大半のことは妻にまかせている。その意味では、私は父親としての権力があまりないと言えそうだ。しかし、そんな私も叱るときが二年に一度ぐらいある。それは彼と私とがずっと前から男同士の約束としてきめた憲法を破ったときである。その憲法とは三つある。

一、いわゆる「いい子」になるために友だちの悪口や告げ口をしない。

二、身体の不自由な人を見つめたりしない。

三、叱られないためウソをつくことはしない。
この三つの約束を守っている限り、成績が悪くても悪戯《いたずら》をしても私は文句を言わぬ。私は妻に対しても、一、私の小説を絶対読まぬ、二、どんな人にも腰を低くする、という二憲法を結婚前から約束したが、息子にも同じ憲法をもっているわけだ。
私はいわゆる小利巧な子供に自分の息子がなってもらいたくなかった。自分だけ正しいと信じて他人を高みから裁くような偽善者にはなってもらいたくなかった。外観や貧富や社会的地位だけで他人を評価するような男にもなってもらいたくなかった。これらの三つは生涯、男として生きる原則だと思っているので、それを子供むきになおしたのが先にあげた三原則なのである。

『お茶を飲みながら』

フランス流しつけ

ぼくがフランスに着いたのは一九五〇年の七月である。夏休みの最中だった。北仏ノルマンディの古都、ルーアンに住むロビンヌさんという建築家の家庭がぼくの身柄を引きとって、三カ月の休暇中、親身も及ばぬ世話をしてくれた。ロビンヌ夫人はぼくを自分の息子たちと同じようにかわいがってくれたが、しかし同時に、フランス語の会話はもちろん、むこうの行儀作法を泣きたくなるほど厳しく教育することも忘れなかった。

本当をいうと、こいつはぼくには苦手だった。大体ぼくは日本にいたころ、石けんをつけて顔を洗った覚えはなく、散髪屋も二カ月に一度ぐらいしか行かなかったので、家族からは「お前のそばに寄るとくさい」とうとまれていた男である。

それが朝と晩とにはYシャツをとり換えなければしかられる。散歩したクツのまま食堂にはいると「いけません！　換えてらっしゃい」といわれる。「ブドウ酒のコップに口をつける時は、ナプキンで口をふいて」「コップを右側におくのは英国人のすることです。そんなに早くたべないこと」「ツメがまた伸びてますね」

だから夜、ベッドにつく時、真実、ぼくは思ったものだ。「日本はよかったなあ。浴衣《ゆかた》でゴロリとねられて、お茶づけを音をたてたてたべられてさ」

夏休みがあすで終り、いよいよぼくがロビンヌさんの所を去るという日、夫人はぼくを彼女の部屋によんで目に涙さえ浮べて「大学に行けばもう貴方《あなた》は学生として暴れたり、無作法なこともしていいのですよ。けれどもあたしの教えたことは作法を知らないで無作法をするのと、それを知りながら暴れることの違いです。もう貴方はどんなフランスの学生にもその点及ばないはずはありません」

それから彼女は突然、厳粛な顔をしていった。「大学では女の子とも大いに遊びなさい。けれども貴方がこの家であなたの妹みたいだった私の娘にいったり、できないようなことを彼女たちにしないようになさい。それだけ……」と。

人生の本質を知る時

不幸がなければ幸福は存在しない

不幸がなければ幸福は存在しないし、病気があるからこそ健康もありうるわけだ。だから両者はたがいに依存しあっているといえる。しかも不幸とよぶものにはピン、キリがあり、もっと不幸な人からみるとある程度、不幸な人はまだ「幸福」にみえるものである。

末期癌《がん》の患者の眼《め》には心臓病の患者は羨《うらや》ましく見えるかもしれない。すべての価値概念はこのようにして相対的である。

『生き上手　死に上手』

悪あがきせず

ツキとかスランプはどんな人間の生活や人生にも必ずある。だからスランプに陥ったからといって、これが永久に続くなどと思う必要はないわけで、しばらくすれば自然にこの状態からは脱け出していく。それがわからずに悪あがきをすると、かえって泥沼に落ちこんでいくんだ。

『らくらく人間学』

人生の本質に触れるチャンス

滅入ったときは、孤独になりなさい。そして孤独のときの対話は、やっぱり本や芸術です。絵をみたり、音楽を聴くのがいい。音楽は、楽天的になっているときは心にしみこまないし、絵だってわかるのは滅入っているときです。

つまり、滅入ったときは人生の本質に触れる絶好のチャンスだと思いなさい。そのときこそ自分を深めることができる。滅入ったら、たとえば自分はいま留学をはじめたのだと思えばいい。

『らくらく人間学』

挫折の一番の効用

屈辱感をかみしめられることは挫折のもたらす一番大きな効用だ。

そこでもう一度改めて言うと、挫折のない人生などはない。言いかえれば、挫折があるから人は生き甲斐ではなく、生きる意味を考えるようになるのだ。

我々の人生に挫折がなかったら、屈辱感がなかったら、人はいつもウシロメタサ、ヤマシサの効用もわからず、そのため人生の意味のふかさを知らずに生涯《しょうがい》を終るだろう。

『お茶を飲みながら』

本屋へ行け

陽気なときには、たとえば本を読んでも頭に入らないんだ。自分のなかに問題がないから。反対に滅入ったときには、世の中はみな暗く、人はみな疑わしく、人生はすべて灰色です。そういうときこそ、本屋へ行ってしかるべき本を買ってくるんだ。人生論の本でも、なんでもいい。そして読めば、一語一語が身にしみてわかるはずだ。

ぼくは滅入ったとき、非常に読書量が増えるんです。滅入っているからこそ、書物に書かれている問題が実感をもって迫ってくる。これまでに作りあげてきたぼくの人生観などは、みなそういう状態のときに本を読み、考えたことによって形成されています。

『らくらく人間学』

弱さを自覚するからこそ

我々男女は人生においても愛情においても決して強くはない。むしろ弱いのだ。
その弱さを自覚しないで純粋も誠実もありえないのである。

『愛情セミナー』

孤独は、そこから抜けでるために

人間は決して孤独であってはならぬし、人間はもう一人の人間を信じるようにせねばならぬ。
君の孤独は孤独のためにあるのではなく、そこから抜けでて信頼のためにあるのだ。

『愛情セミナー』

無意識が働くとき

悪戦苦闘の限りをつくした揚句、疲れ果てて諦めかけている時、突然まったく思いがけなかった突破口が心に浮んでくることがある。

長い経験で私はそのふしぎな援軍が必ず来ることを知るようになったが、それが、どういう場合、どういう風にやってくるのか、その仕組はわからない。

しかし、何となく予想できるのは、行きづまり、行きづまって悪戦苦闘の揚句、私が茫然としている時、その智慧とも霊感ともつかぬものは不意にやってくることだ。茫然としている時は無意識が作動してくる瞬間なのであり、無意識が働いてくれる時なのであろう。

『狐狸庵閑談』

自己弁解の効用

自己弁解ができるから、人間は生きていけるのであって、もし我々に自己弁解という都合のいい慰めが見つからなかったならば、失敗者の三分の二は自殺しているかもしれぬ。

『愛情セミナー』

弱さをまぎらすために

我々は罪を犯したいから罪を犯すのではない。心の弱さ、孤独の寂しさ、人生の悲哀をまぎらわすため罪を犯すのです。そうした人間のかなしさをキリストはだれよりも知っていた。だからキリストはペトロに教えられた。

「お前は今夜、夜のあけるまでに三度私を否むだろう」この言葉はただ一途に自分の強さに自信をもったペトロへのふかい戒めだったとぼくには思われるのです。ひいてはそれは自分の強さだけではない、自分は正しいんだ、自分は間ちがわない、かたくなにそう自分を信じて、弱い人の弱さ、くるしみ、泪《なみだ》を理解しえないことがどんなに間ちがっているかをキリストは言いたかったのだとぼくは思うのです。

『聖書のなかの女性たち』

絶望の罪

絶望の罪というのは、自分が何か罪を犯したと思い、自分の救いにまったく絶望してしまうということで、これこそ罪の中で最大の罪だ。

『私のイエス』

「罪」とは？

「罪」とは「再生のひそかな願い」だ。

『心の夜想曲』

相手に笑いかける

笑いとは必ずしも相手を笑うことだけではなく、他方では相手に笑うことがあるのである。

「相手を笑う」のではなく「相手に笑いかける」ことには一つの意味がある。第一は我々が言葉を信じなくなった場合、なお人間と人間とのつながりを持とうとする時、我々は微笑する。たとえば我々が自分の孤独を相手に説明できず、また相手にわかってもらえぬと思った時でさえ、我々は最後のつながりとしてさびしい微笑を相手にむける。

だから相手に笑いかけるとは、必ずしも相手に優越感をもつのではなく、他人と交流しようとする意志のあらわれだというべきであろう。

『よく学び、よく遊び』

正しいことが絶対ではない

正しいことをやっていることで、すべてが許されたりしないのです。
正しいことは絶対的なのではありません。
愛は絶対である、という錯覚に捕らわれてはいけません。
愛が絶対なのは神様だけであって、愛が人を傷つける場合もあるのです。
社会正義がすべてではないのです。
社会正義のために、たくさんの人が傷つく場合もあるのです。

『あなたの中の秘密のあなた』

ユーモアには愛情がある

ユーモアが本当にユーモアであるのは、それがこの人間世界のなかに愛情を導き入れる技術だからである。人間を軽蔑するところに本当のユーモアはない。ブラック・ユーモアの考え方はあまりに近代的すぎる。

私はユーモアという言葉に黒いとか灰色という形容詞をつけたくない。ユーモアの根底には愛情がなければならぬと思うのだ。

『春は馬車に乗って』

創りだすもの

滑稽《ユーモア》ということは現実にあるのではなく、創りだすものだ。

『お茶を飲みながら』

人を笑わすには

人に笑われるというのは別にこちらの努力を要しない。しかし人を笑わすというのはかなりの努力とかなりの技巧のいるものなのである。

『春は馬車に乗って』

いつも正しいとはかぎらない

ひょっとして、悪さの中に、彼の利点が隠されているのかもしれません。
あなたが、いつもかならずしも正しいとはかぎっていないし、無意識のうちにマイナスがあるということを自覚すれば、錦の御旗を掲げて誰かを裁いたり、非難したりするような人間にならずにすみます。

『あなたの中の秘密のあなた』

神の眼の中に

神に委せて

一度、神を知った者は神のほうが捨てようとはされぬから、安心して神に委《まか》せているのである。

『生き上手　死に上手』

すべてをゆだねる

神や仏もないものかの次に「神や仏にすべてをゆだねる」という心構えがある。私はまだまだその気持に達していないが、「死ぬ時は死ぬがよろし」と言った日本の聖者の言葉と「すべてをゆだね奉る」と言ったイエスの言葉は同じだと思う。

『生き上手　死に上手』

弱さ、醜さすべてを

聖書のなかのイエスは必ずしも毅然としては死ななかった。

むしろ彼は「主よ、主よ、なんぞ我を見棄てたまひし」と叫び、死の苦しみ、死の辛《つら》さを味わった。

しかし我々が心うたれるのはイエスが臨終の時、次の言葉を口にしたからである。

「わがすべてを神に委《ゆだ》ねたてまつる」

私が死ぬ時もこの気持には結局なるだろう。

「すべてを神に委ねたてまつる」とは自分の立派な部分だけでなく、弱さ、醜さすべてを神という大きなものに委《まか》せることである。


『変るものと変らぬもの』

裏の裏まで

神――大いなるものは表だけでなく、我々の裏の裏までもよく御承知なのである。

『変るものと変らぬもの』

のんびり、楽しく、無理をしなかった

私はひたぶるに神を求めることはなかったが、生涯のんびり、ゆっくり楽しみながら神を求めたと言えるかもしれぬ。

のんびり、楽しく、とは無理をしなかったという意味である。無理をしなかったというのは第一小説を書いたり読んだりしながら、つまり人間の心のなかをまさぐりながら、六十歳の歳月をかけて神を求めるものが人間の無意識のなかにひそんでいるのを実感したからである。また色々なステキな友人を通して神のあることを感じたからである。

『心の夜想曲』

神を憎む無神論者に

無関心ということと憎しみということと、どちらかを選べというならば、私はむしろ人間として、まだ憎しみのほうに心ひかれます。なぜならば、憎しみということは、人間に対する関心を意味しているのであり、また憎しみは愛に変るからです。神を憎むものが深い信仰者になるということは、よくあることです。しかし、神に無関心な者は、いつまでも神に無関心です。

たいていの日本の無神論者は、神を憎んで無神論者になるのではありません。神に無関心な無神論者です。どちらかを選べというならば、私は、神を憎む無神論者になるでしょう。というのは、神を憎む無神論者は、それによって生きる充実感を持つことができるからです。

『私にとって神とは』

神は自分の中にある働き

神とかキリストとかいうのは、働きだとまず思ったらいいのではないでしょうか。神とは自分の中にある働きだ、と私は考えているのです。

それは、自分の心の中でそういう気持になるのか、あるいは自分の意思を超えてそうなるのか、非常にあいまいなものが心の中にあるでしょう。その働きをキリストと言ったり仏と言ったりするんじゃないだろうかと、私は思っているわけです。くりかえして言うと、神の存在ではなくて、神の働きのほうが大切だということなのです。

『落第坊主の履歴書』

愛を注ぐために

神は、それらの人生をただ怒ったり、罰するためだけに在《あ》るのでしょうか。神は、それら哀《かな》しい人間に愛を注《そそ》ぐために在るのではないのか。

『私のイエス』

なまぬるいやつ

聖書の中に、「汝は冷たくもあらず、熱くもあらず、ただなまぬるきなり」という言葉があります。人生でなまぬるいやつは、神を知らない、だから、激しく神を愛するか、激しく神を憎むか、そのどっちか——つまり本当の無神論者ならば神を知ることができます。しかし、神なんか、あってもなくても、どうでもええというような人には、永久に神はわかりません。

だから、激しい女というのは、神や愛を知ることができるという考えが、そこにあるのだろうと思います。

『私にとって神とは』

大丈夫、ほっておいていいのです

人間には神を求める心があれば、まずそのままでいていいと思うのです。つまり神は働きだといいましたけど、その人がキリストを問題にしないでも、あるいは仏さんを問題にしないでも、キリストが、仏が、その人を問題にしているから、大丈夫、ほっておいていいのです。

というのは仏教で時節到来という良い言葉のあるように、人間が神や信仰に目覚める時節は人生にいつか到来するからです。ひょっとするとそれは死のまぎわかもしれないが、死のまぎわでもよいのだと私は思います。

『私にとって神とは』

無意識に結びつくもの

信仰とは思想ではない。意識で作られる考えではない。信仰とは無意識に結びつくものなのだ。

『生き上手　死に上手』

本当の信仰のあるところ

本当の信仰とは合理主義や理屈をこえたもの——仏教でも言語道断とこれを言っているではないか。

『生き上手　死に上手』

弱さ、悲しみをさらけ出せる

自分の全人間性をさらけ出すということ、そういう弱さや悲しみをさらけ出すことができるという気持を持てた、これは、やはり信仰だと思うのです。

普通、信仰者というと、その日から疑いがすべて晴れ、安心した気持でいる、とあなたは思うかもしれません。しかし、何度も言うように、そんなことはありえないのです。みんなと同じ迷いをやり、みんなと同じ悩みをやっているわけです。

ただ、どこが違うかというと、迷いや悩みを持ったりしても、そういう迷いとか悲しみとかを知ってくれる人がいるのだということ、そういう存在があるのだということです。

そして、これが、私はキリスト教を信じてよかったな、という気持になる大きな拠所《よりどころ》でもあるのです。

『私のイエス』

神の眼

私が中学校の時、雨の日に林のなかで首をつった人がいた。警察がくるまで数人の人が騒いでいたが、林の入口に彼が飼っていた犬がじっと坐っていた。登校の途中、そこを通りかかった私は、前脚に首をのせて、主人の死んだ林を見ていた飼犬の眼を今でも忘れない。犬というのはそのようなものだ。

私が洗礼を受けたのは自分の意志からではなかったが、その後、私にとってあの林にいた犬の眼が人間をみるイエスの眼に重なることがある。

小鳥だってそうだ。私は十姉妹《じゅうしまつ》を飼ったことがあるが、その一羽が病気になり、私の手のなかで息を引きとったことがあった。うすい白い膜が彼の眼を覆いはじめる時――それは十字架で息を引きとったイエスの眼を私に連想させた。

犬や小鳥はたんに犬や小鳥ではない。それは我々を包み、我々を遠くから見まもっていてくれるものの小さな投影なのだ。そう私は次第に思うようになった。


『落第坊主の履歴書』

九九％の疑いと一％の希望

私は神の存在に疑問を抱いたからといって、それがキリスト者として間違った態度だとは考えていません。信仰というものはそういうものであって、九九％の疑いと一％の希望なのですから。

『私のイエス』

本書は一九九八年三月に弊社より出版された『人生には何ひとつ無駄なものはない』を再編集したものです。

装　丁——プラム・プラム
編集協力——藤波定子

〈著者紹介〉

遠藤周作（えんどう　しゅうさく）

1923年３月27日東京生まれ。慶応義塾大学仏文科卒。学生時代から「三田文学」にエッセイや評論を発表。55年『白い人』により芥川賞受賞。66年『沈黙』により谷崎賞受賞。1995年には文化勲章受賞。生涯をかけて壮絶な人間の生と死、信仰を見つめ続け、『海と毒薬』『沈黙』『深い河』などの純文学作品を世に問う。また、〝狐《こ》狸《り》庵《あん》山人〟を名のり、女性たちに圧倒的支持を受けたユーモア小説やエッセイを発表し、そのユーモア精神で多くの人に愛された。1996年9月、惜《お》しまれつつ急逝。

遠藤周作の箴言集　人生ひとつだって無駄にしちゃいけない

二〇一五年十月十日　第一刷発行

著　者＝遠藤周作《えんどうしゅうさく》

発行者＝下村のぶ子

発行所＝株式会社　海竜社

東京都中央区明石町十一―十五　〒一〇四―〇〇四四

電　話　東京(〇三)三五四二―九六七一（代表）

ＦＡＸ　(〇三)三五四一―五四八四

郵便振替口座＝〇〇一一〇―九―四四八八六

ホームページ　http://www.kairyusha.co.jp

本文組版＝株式会社盈進社

印刷・製本所＝半七写真印刷工業株式会社

ISBN978-4-7593-1447-2　C0095